KB086109

얼룩

시작하는 소설, 시소

얼룩

초판 1쇄 발행 2023년 3월 15일

글쓴이 최이랑
그린이 에이웁 프로젝트
편집장 천미진
편집책임 김현희
편 집 최지우
디자인책임 최윤정
마케팅 한소정
경영지원 한지영

펴낸이 한혁수
펴낸곳 도서출판 다림
등 록 1997. 8. 1. 제1−2209호
주 소 07228 서울시 영등포구 영신로 220 KnK디지털타워 1102호
전 화 02−538−2913 **팩 스** 070−4275−1693
다림 카페 cafe.naver.com/darimbooks
블로그 blog.naver.com/darimbooks
전자 우편 darimbooks@hanmail.net

© 최이랑, 에이웁 프로젝트 2023

ISBN 978-89-6177-307-2(42810)

얼룩

그림 메이욥 프로젝트
글 최이랑

다림

문수산성 앞 정류장에서 버스가 멈췄다. 영원은 까만 모자를 눌러쓰고 자리에서 일어났다. 더듬더듬 가방 안쪽도 확인했다. 뭉툭한 병이 만져졌다. 교복을 입은 여자아이 셋이 재빨리 버스에서 내렸다. 그러고는 100미터 달리기라도 하는 것처럼 콘크리트 바닥 길을 깔깔거리며 뛰었다. 지난번에 봤던 아이들 같았다. 한심한 것들. 가슴속에서 뜨거운 것이 불끈 솟았다.

영원은 고개를 푹 숙인 채 키 큰 나무 아래 터널 같

은 길을 느릿느릿 걸었다. 머릿속으로는 지난번에 봤던 동백 정원 주차장의 모습을 그리고 또 그렸다. 동백 정원 정문을 지나 키 큰 나무 아랫길을 쭉 걷다 보면 왼쪽으로 한 사람만 겨우 들락거릴 법한 좁은 길이 나온다. 그 길을 따라가면 동글동글한 돌멩이가 깔려 있는 동백 정원의 주차장이 나오고, 그쪽으로는 출입문이 따로 없었다.

지난번에는 주차장에 촬영용 차량 두 대와 승용차 한 대 그리고 새까만 승합차가 세워져 있었다. 이번에도 비슷하지 않을까 영원은 생각했다. 아니, 같아야 했다. 지난번 답사 이후로 영원은 동백 정원 주차장에서의 동선을 머릿속으로 몇 번씩 떠올렸다. 어쩌면 이번이 처음이자 마지막 기회일지 몰랐다. 갑자기 온몸에 소름이 돋았다. 찬 바람이 영원의 몸을 훑었다.

"꺄아악!"

비명 소리에 영원은 동백 정원의 정문을 향해 고개

를 돌렸다. 동백나무가 빼곡한 동백 정원의 울타리 주위로 오종종 모여 있는 아이들이 안쪽을 향해 빽빽거리며 손을 흔들었다. 쟤네가 뭐라고 후미진 이곳까지 쫓아와서 좋다고 저 난리일까. 영원의 마음속에 욕지거리가 한가득 올라왔다. 누구를 향한 욕지거리인지는 알 수 없었다.

동백 정원은 기획사 M 소속의 연습생 일곱 명이 데뷔 전 리얼리티 프로그램을 찍고 있는 장소였다. 기획사 M은 제법 규모가 있는 아이돌 엔터테인먼트 회사였다. 그래서인지 데뷔 전부터 연습생 일곱 명에게는 벌써 수많은 팬들이 들러붙어 있었다.

그들은 몇 개의 커뮤니티를 만들어 연습생들의 동선과 개인 정보 등을 실어 날랐고, 그중에서 영원은 접근이 가장 편리한 오픈 채팅방에서 이곳의 정보를 얻었다. 정보에 의하면 연습생들은 이곳에서 여섯 차례의 촬영을 마치고 정식으로 데뷔를 한다고 했다. 오늘은 다섯 번째 촬영 날이었다. 데뷔, 그것만큼은 막고 싶었다. 무슨 수를 써서라도.

영원은 다시 한번 모자를 눌러쓰고 어깨에 멘 가방을 추슬렀다. 그리고 지난번 주차장에서 보았던 장면을 떠올렸다. 촬영이 끝나면 정문 쪽에서 빽빽거리는 소리가 연신 울렸다. 10분쯤 지나면 주차장으로 안경을 쓴 남자가 달려와 까만색 승합차에 시동을 걸었고 잠시 뒤에 덩치 큰 남자를 앞세우고 일곱 명의 연습생이 쪼르르 걸어왔다.

손에 손에 선물 가방을 받아 든 연습생들은 정문 쪽을 돌아보며 손을 흔들고 배시시 웃음을 흘리다가 덩치 큰 남자가 열어 둔 승합차에 하나둘 몸을 실었다. 그때 영원은 머리를 빨갛게 염색한 녀석을 똑똑히 보았다.

"하아……."

얕게 숨을 뱉으며 영원은 좁다란 길을 지나 주차장

이 빤히 바라다보이는 곳에 멈춰 섰다. 지난번과 마찬가지로 촬영용 차량 두 대와 승용차 한 대, 새까만 승합차가 나란히 서 있었다.

'빨간 머리, 빨간 머리······.'

덩치 큰 남자가 등장할 무렵 영원은 승합차에 가까이 다가가 있어야 했다. 그리고 머리를 빨간색으로 염색한 녀석이 승합차에 오를 때, 그때를 노려야 했다. 영원은 가방을 앞으로 메고, 준비해 온 병을 앞주머니로 옮겼다.

"아아악–!"

정문 쪽에서 팬들이 비명을 쏟아 냈다. 그리고 분주한 발소리가 이어졌다. 촬영이 끝난 모양이었다. 영원은 부리나케 몸을 움직여 승합차 뒤에 바짝 붙어 섰다.

"거기 있으라고! 들어오면 안 돼!"

누군가의 목소리가 거칠게 튀어 올랐다. 정문 앞에 있던 아이들이 동백 정원 안쪽으로 들이닥친 모양이었다. 영원은 아랫입술을 질끈 깨물었다. 영원이 머릿속에 그려 뒀던 상황에서 손톱만큼도 어긋나면 안 됐다.

'제발 아무도 방해하지 마라. 꺼지라고.'

영원은 승합차 운전자의 눈에 뜨이지 않도록 몸을 구부정하게 낮춘 채 중얼거렸다. 하지만 영원의 속엣말은 통하지 않았다. 아이들의 비명은 주차장 쪽으로 다가왔고, 덩치 큰 남자의 고함은 불규칙적으로 울렸다.

"뒤로 물러서세요. 물러서라니까!"

고함과 함께 승합차 문이 열리고, 시동이 걸렸다. 이제 곧 녀석도 승합차에 탈 것이다. 영원은 부리나케 가방 앞주머니를 열었다. 손이 바들바들 떨렸다.

"넌 뭐야?"

안경 쓴 남자가 영원 앞에서 소리쳤다. 영원은 바닥에 주저앉아 안경 쓴 남자를 올려다보았다. 이윽고 덩치 큰 남자도 승합차 뒤편으로 다가왔다.

"아, 아무것도 아닙니다."

영원은 얼른 모자를 눌러쓰고 가방을 품에 안은 채 허둥지둥 몸을 일으켰다.

"너 거기 서 봐!"

덩치 큰 남자가 영원을 잡았다. 심장이 밖으로 튀어나올 듯 심하게 쿵쾅거렸다. 뒤에서 웅성거리는 소리가 울렸다.

"야, 빨리 가야 해."

안경 쓴 남자가 덩치 큰 남자를 막았다. 덩치 큰 남자는 하는 수 없는 듯 영원을 놓았다. 영원은 뒤도 한 번 돌아보지 않고 좁은 길을 걸었다. 그리고 키 큰 나무 아래로 들어선 다음에야 자리에 털썩 주저앉았다. 다리가 후들거려서 꼼짝을 할 수 없었다. 그러는 새 새까만 승합차는 동백 정원을 떠나 버렸다. 삑삑거리는 아이들도 새까만 승합차를 따라 흙먼지를 일으키며 멀어졌다.

영원은 주먹으로 나무둥치를 쿵 내리쳤다. 이러려고

온 게 아니잖아! 스스로가 바보, 멍청이, 찐따 같아 참을 수 없었다. 이제 남은 기회는 한 번이었다. 할 수 있을까? 의심이 영원의 마음속 깊은 곳에서 휘몰아쳤다.

'해야 해!'

마음속 영원이 빽 소리를 질렀다. 영원은 고개를 끄덕였다. 해야 했다. 아니, 해내고 싶었다. 하지만 자신이 없었다. 녀석의 주위에는 사람이 너무 많았다. 결정적으로 영원은 들켜 버렸다. 어둑발이 내려앉은 숲속에서 이름 모를 새가 음울하게 울어 댔다. 밤은 금세 찾아들었다.

시외버스를 타고 집으로 돌아오면서 영원은 멀거니 차창밖을 훑었다. 컴컴한 창문에 영원의 얼굴만 또렷이 보였다. 그 위로 덩치 큰 남자가 자꾸만 어른거렸다.

'너 거기 서 봐!'

남자의 목소리는 거칠었고, 아귀힘은 셌다. 잡히면 꼼짝없이 당할 것 같았다. 영원은 머리를 저었다. 이래서는 아무것도 할 수 없었다. 무엇인가 방법을 바꿔야 했다. 그나저나 혹시라도 녀석이 봤을까 싶었다. 하, 생각할수록 한숨만 나왔다.

"다녀왔습니다."

집으로 들어서며 영원은 낮은 소리로 인사를 건넸다.

"아, 이제 와?"

정민이와 레고를 맞추고 있던 아버지가 고개를 들어 영원을 보았다.

"이제 아빠 차례야!"

정민이 아버지의 팔을 흔들었다. 아버지는 얼른 거실 바닥에 부려 놓은 레고를 내려다보았다. 어차피 영원은 아버지의 관심을 기대하지 않았다. 영원은 현관문 앞에 있는 영원의 방에 가방을 밀어 넣고 모자를 벗은 다음 욕실로 들어갔다.

욕실 거울에 열일곱 살, 영원의 얼굴이 비쳤다. 아니 얼굴이라기보다는 새까만 티셔츠 위로 목덜미를 타고 턱 아래쪽까지 이어진 기다란 화상 자국. 항상 영원의 첫눈에 들어오는 그것이 영원의 시선을 모두 빼앗았다. 영원은 사납게 얼굴을 씻고 욕실을 나왔다. 벽시계는 9시를 훌쩍 넘겼다.

"이제 그만 잘 준비하자."

아버지는 정민에게 살가운 목소리로 말했다.

"공룡 집만 만들고."

정민이 고집을 부렸다. 그러면 아버지는 못 이기는 척 넘어가 줄 거였다. 아버지와 정민의 관계는 늘 그랬다. 영원은 무덤덤하게 자기 방으로 들어왔다. 그리고 책상 앞에 앉아 오픈 채팅방을 열었다.

채팅방에는 오늘 동백 정원에서 찍은 연습생 사진이 여러 장 올라와 있었다. 영원은 몇 시간 전에 만났던 아이들을 떠올렸다. 동백 정원의 나무 울타리에 매달려 있던 열댓 명의 팬들 중 몇 명이 올린 사진일 거였다.

−주차장에서 이상한 남자 봄

 채팅방에 익명의 누군가가 글과 함께 사진을 올렸다. 사진에는 새까만 셔츠에 새까만 모자를 눌러쓴 영원의 모습이 보였다. 좁은 길을 따라 허둥거리며 걸어가고 있을 때 찍힌 사진이었다.

 −뭐 하는 사람이야?

 −헐, 나 지난번에 갔을 때도 봤는데!

 −신고해야 하는 거 아냐?

 오픈 채팅방은 영원의 이야기로 바글거렸다.

 "하아……!"

 영원은 길게 숨을 내쉬며 채팅 창을 닫아 버렸다. 오늘 영원의 행동은 최악 중에서도 최악이었다. 영원은 자리에서 일어나 침대에 벌렁 몸을 눕혔다. 덩치 큰 남자의 사나운 목소리, 빽빽거리던 아이들의 소음이 영원의 머릿속을 어지럽혔다.

'이대로 그만둘 거야?'

마음속 영원이 소리를 높였다. 단단히 화가 난 목소리였다. 영원은 얼른 도리질을 했다.

"이대로 멈출 수 없어!"

'그렇다면 방법을 찾아야지!'

마음속 영원의 말이 맞았다. 방법을 찾아야 했고 그러려면 정보가 필요했다. 영원은 다시 오픈 채팅방을 열었다.

-지후 웃는 거 넘 예쁨 ♡

-지후천사

-지후가 내 편지 받아 줬어

길게 이어지는 수다에 그 녀석, 박지후가 등장했다.

아이들은 득달같이 몰려들어 그 녀석을 찬양했다. 영원의 손은 스르르 목덜미로 향했다. 찌리릿 전기가 오르는 것만 같았다. 심장이 쿵쾅거렸다. 녀석을 찬양하는 글을 더는 봐 줄 수 없었다. 영원은 휴대 전화를 내려놓고 자리에서 벌떡 일어났다.

"아유, 아직도 안 자고 있었어?"

문밖에서 엄마 목소리가 울렸다. 엄마는 정민이를 낳고 3년 동안 집에 머물다가 작년부터 동네에 있는 갈빗집에서 늦은 오후부터 밤 10시까지 일을 하고 온다.

"엄마아!"

정민이 애교 섞인 목소리로 엄마를 불렀다.

"조금만 더 놀고 잔다고 해서……."

아버지가 다정하게 대답했다.

"그렇다고 이렇게 늦게까지 애를 안 재우면 어떡해?"

엄마 목소리에 웃음기가 가득했다. 영원은 엄마의 상냥한 말투가 어색하기만 했다.

"얼른 자자. 씻기는 했어?"

엄마 목소리가 실크 스카프처럼 부드럽게 떠올랐다.
전에는 그러지 않았는데……. 아버지와 정민이가 엄마
를 다른 사람으로 바꿔 놓았다. 잘된 일이라고 영원은
넋두리하듯 말했다. 하지만 마음속은 텅 비는 듯했다.
영원은 책상 앞에 우두커니 앉아 허공을 보았다.

아버지와 엄마 그리고 정민, 저들에게 영원은 어떤
존재일까 생각했다. 영원은 어떤 존재라고 할 것도 없
었다. 그냥 같은 집에 사는 동거인, 어쩌면 그마저도 아
닌 투명 인간, 잠시 머물다 떠날 존재. 영원은 손으로
목덜미를 만졌다. 다른 사람의 피부처럼 낯설었다. 이
집에서 영원의 존재가 딱 이런 것 같았다.

"방에 있으면서 왜 인사도 안 해?"

방문이 열리고 엄마의 목소리가 영원을 찔렀다.

"아니, 그냥……."

"저녁은?"

밤 10시를 넘긴 시간에 어울리는 질문은 아니라고 영원은 생각했다. 그래도 먹었다고 대답했다. 엄마는 그럼 자라며 방문을 닫았다. 방문 뒤에서 정민의 웃음소리가 짜랑짜랑 울렸다.

갑자기 허기가 몰려왔다. 생각해 보니 동백 정원을 찾아가던 순간부터 지금까지 내리 굶었다. 머릿속이 그만큼 바빴다. 지금이라도 부엌에 가서 뭐라도 뒤져 볼까 싶었다. 그러다 영원은 그냥 관두었다.

*

다음 날 학교에서도 영원은 짬짬이 휴대 전화를 열어 오픈 채팅방을 살폈다. 리얼리티 프로그램을 촬영하는 동백 정원 말고 다른 장소, 다른 일정이 필요했다. 이왕이면 사람들이 덜 몰리는 곳, 잘 알려지지 않은 장소가 좋았다. 특히 안경 쓴 남자나 덩치 큰 남자가 따라붙지 않을 만한 일정을 찾아야 했다. 제일 좋은 건 멤버들의 개인 일정일 거였다. 하지만 아직 데뷔 전이라 그런지 개인 일정 같은 건 없었다.

채팅방에 디데이 알람이 떴다. 데뷔 14일 전. 슬슬 멤버들의 프로필 사진이 기사로 올라오고, 데뷔곡의 티저 영상이 기획사 M의 공식 사이트 첫 화면에 걸렸다. 그야말로 데뷔 카운트가 시작된 거였다. 채팅방에 모여 있는 아이들은 쉴 새 없이 수다를 떨어 가며 아직 데뷔도 하지 않은 아이돌 멤버들을 핥느라 바빴다.

"미친……."

억센 목소리가 입 밖으로 튀어나왔다. 하필 고요하기 짝이 없는 세계사 수업 시간이었다.

"너 자꾸 수업 시간에 잘래?"

세계사 선생님은 영원이 잠꼬대를 한 줄 아는 듯했다. 아이들은 영원을 보며 키득거렸다. 세수를 하고 오라는 선생님의 말에 영원은 교실을 빠져나왔다. 아침 9

시부터 오후 4시 50분까지, 학교에서 보내는 시간이 너무 길다고 생각하다가 영원은 멈칫했다. 박지후, 그 녀석도 학교는 다니고 있을 거였다.

녀석은 영원과 같은 초등학교를 다녔고, 예술 중학교에 진학한다며 초등학교 졸업 무렵 이사를 갔다. 그 뒤로 녀석이 어떻게 지내는지 영원은 알지 못했다. 아니알고 싶지도 않았다. 영원은 기억 속에서 녀석을 지워버리고 싶었다. 떼어 내고 싶었다. 하지만 녀석은 쉽사리 떨어지지 않았다. 떨어질 수 없었다. 몸에 남아 있는 화상 자국을 볼 때마다 녀석은 불사신처럼 살아났다.

그리고 한 달 전, 대형 엔터테인먼트 기획사에서 전폭적인 지원을 받으며 데뷔한다는 아이돌 연습생 공개기사에서 영원은 녀석을 발견했다.

쉬는 시간에 영원은 오픈 채팅방을 뒤졌다. 연습생들이 다니는 학교 정보는 금세 나왔다.

그 녀석, 박지후는 광영에 있는 예술 고등학교에 다

닌다고 했다. 영원은 길 찾기 어플을 열고, 아너예술고
등학교까지 가는 길을 검색했다. 동백 정원에 가는 길
만큼 멀고 복잡했다. 하지만 데뷔 전에 녀석을 따로 만
나기에는 학교 앞이 딱 좋을 것 같았다. 영원은 오픈
채팅방에 글을 올렸다.

　－요새 지후 오빠 학교는 잘 다녀?
　－ㅇㅇ 당연하지
　－지후 오빠 완전 범생이래
　－학교에서도 빛이 난다 ㅠㅠ

　영원이 던진 물음에 팬들은 너도나도 답을 달았다.
　'이딴 자식이 뭐가 좋다고……'
　한심한 생각이 들었다. 영원은 휴대 전화를 가방 속
에 던져 넣고 시간표를 살폈다. 3일 뒤 금요일 오후에
는 창체 수업이 있었고 그 시간에 영원이 해야 할 일은

없었다. 조퇴증을 끊어도 무방할 거였다.

금요일 오후, 영원은 어깨에 가방을 두르고 가볍게 학교를 나섰다. 담임의 잔소리 폭탄이 있기는 했지만 크게 문제 되지 않았다. 화상 때문에 병원에 정기 검진을 받으러 가야 한다는 핑계는 꽤 잘 통했다. 교문을 빠져나오기가 무섭게 영원은 교복 셔츠를 벗어 가방에 구겨 넣고, 새까만 모자를 꺼냈다. 학교에서는 어쩔 수 없이 벗고 있지만 모자는 영원에게 빼놓을 수 없는 필수템이었다.

길 찾기 어플이 안내해 주는 대로 영원은 버스를 갈아타며 광영으로 향했다. 평소에는 어물쩍 게으름을 피우던 시간이 오늘따라 훌쩍훌쩍 토끼뜀을 뛰었다. 목적지에 다가갈수록 영원의 가슴은 고장 난 기계처럼 덜컥거렸다. 불안한 마음으로 영원은 가방 아래쪽을 더듬더듬 짚었다. 뭉툭한 병이 잡혔다.

'과연 할 수 있을까…….'

겁이 마음속을 덮쳤다.

'해야지. 안 그러면 넌 평생 그 자식한테 벗어날 수 없을 거야.'

마음속 영원이 닦달했다. 이제 디데이까지 11일밖에 안 남았다. 시간이 많지 않았다. 영원은 헛기침을 하며 다시 한번 모자를 눌러썼다. 최대한 얼굴을 가리고 싶었다.

"이번 정류장은 아너예술고등학교 앞입니다."

버스에서 안내 방송이 흘렀다. 영원은 하차 버튼을 누르고 뒷문 앞에 섰다. 버스가 지이잉 소리를 내며 뒷문을 열었다. 영원은 버스에서 내려 시간을 확인했다. 오후 3시 30분. 대한민국의 고등학생이라면 아직 학교에 있어야 할 시간이었다. 영원은 고개를 푹 숙인 채 '아너예술고등학교' 팻말을 따라 성큼성큼 걸음을 옮겼다.

2층짜리 낡은 빌라가 빼곡한 골목은 완만한 언덕을 이루고 있었고, 끄트머리에는 자그마한 놀이터가 있었다. 미끄럼틀 하나, 그네 두 개, 시소 하나 그리고 빙글빙글 돌아가는 놀이 기구 하나가 전부인 놀이터는 세월의 힘을 견디지 못하고 자멸하고 있는 듯 보였다. 놀이 기구에는 하나같이 녹이 슬어 있었고, 바닥에는 모래가 깔려 있었다. 놀이터 입구에는 기다란 나무 의자 두 개가 놓여 있었는데, 그중 하나는 오랜 시간에 삭았는지 중간 부분이 부러져 있었다. 아무도 돌보지 않는 놀이터, 그곳을 맞닥뜨리며 영원은 부르르 몸을 떨었다. 동네 뒤편에 자리 잡은 허름한 놀이터는 영원히 떠올리고 싶지 않았다. 누구의 기억에도 그런 곳은 없었으면 싶었다.

고개를 푹 숙이고 놀이터를 지나자 아너예술고등학교가 나타났다. 지은 지 얼마 되지 않았는지 아너예술고등학교는 학교 현관부터 금빛으로 빛났다. 건물도 알록달록하니 화사하고 깔끔했다. 영원이 지나쳐 온 동네 풍경과 어울리지 않았다. 마치 섞일 수 없는 운명을 타고난 것처럼 이질적인 모습이었다.

영원은 고개를 저으며 학교 앞을 서성거렸다. 언제쯤 학생들이 나올지 알 수 없었다. 학생들 사이에 녀석이 있을지 아니, 녀석을 찾을 수 있을지도 미지수였다. 그 래도 동백 정원보다는 이곳이 나았다. 이곳은 매니저 나 경호원, 팬들이 쫓아다니는 장소가 아니었다.

영원은 가방을 앞으로 돌려 메고 이어폰을 꽂았다. 그리고 놀이터를 등진 채 학교 정문을 힐끗힐끗 살폈 다. 오후 4시 30분이 넘어가는 시간, 학교 앞으로 승용 차들이 몰려섰다. 영원은 놀이터 안쪽으로 물러난 채 학교를 바라보았다. 잠시 뒤 학교 전체에 음악 소리가 퍼졌다. 수업이 끝난 듯했다. 영원의 몸에 바짝 힘이 들 어갔다.

10분쯤 지나자 교복을 입은 아이들이 하나둘 무리 지어 나타나기 시작했다. 영원은 모자를 더 깊이 눌러 쓰고 교문을 빠져나오는 남학생 무리를 살폈다. 아이들은 영원이 다니고 있는 인문계 고등학생들과 별반 다르지 않았다. 큼지막한 악기 가방을 메거나 들고 가는 애들이 자주 눈에 뜨이기는 했지만 그뿐이었다.

정문을 빠져나온 아이들은 자연스럽게 승용차에 올랐다. 그러고 보니 이곳에는 학원 버스가 보이지 않았다. 영원이 다니는 학교 앞에는 하교 시간이 되면 학원 버스가 줄줄이 선 채 아이들을 기다렸다. 학원을 안 다니는 영원과는 상관없는 일이었다.

멀거니 학교를 바라보고 있는데 누군가가 녀석의 이름을 큰 소리로 불렀다. 영원은 까치발을 하고 학교 정문을 살폈다. 그러다 딱 그 녀석과 눈이 마주쳤다. 아마도 그런 것 같았다. 영원은 잽싸게 몸을 돌렸다. 심장이 후들후들 떨렸다.

"야, 너 진짜로 다음 주까지만 나와?"

녀석을 불렀던 목소리가 쩌렁쩌렁 큰 소리로 물었다. 영원은 슬며시 고개를 돌렸다. 녀석이랑 이야기를 하고 있는 게 맞는지 확인이 필요했다.

"와, 진짜로 데뷔하는 거야?"

"존나 부럽다, 돈도 개많이 벌겠네."

녀석을 가운데 두고 몇몇 아이들이 찧고 까불며 떠들어 댔다.

"너 데뷔해도 우리 잊으면 안 된다!"

"쌩까기만 해. 알지?"

녀석의 목소리는 들리지도 않는데, 아이들은 녀석에게 알은체를 하느라 바빴다. 영원은 고개를 살짝 돌린채 아이들을 향해 신경을 바짝 세웠다. 아이들이 영원의 곁을 지나쳤다. 영원도 슬그머니 걸음을 뗐다.

언덕을 내려와 큰길가에서 아이들은 뿔뿔이 흩어졌다. 몇은 버스 정류장으로 향했고, 몇은 주위에 대기하고 있던 승용차에 올라탔다. 그리고 몇은 큰길을 따라 걸음을 옮겼다. 녀석은 마지막 무리에 속해 있었다. 영원은 모자를 고쳐 쓰고, 다시 뚜벅뚜벅 빨갛게 머리를 물들인 녀석의 뒤를 밟았다.

"근데 학교엔 아예 안 나오는 거야?"

녀석의 오른편에 있던 아이가 녀석을 바라보며 물었다.

"당분간은 스케줄 때문에 못 오고 그 뒤로는 종종 나올 거야."

녀석이 답했다.

"이랬는데 졸업할 때까지 안 오는 거 아냐?"

"설마, 그건 아니겠지."

아이들은 또 저희끼리 키득거렸다.

"야, 나도 자세한 건 몰라. 회사에서 알려 주겠지."

녀석의 목소리에 힘이 실렸다. 엄청 뻐기고 싶은 듯했다.

"멤버 중에 네가 제일 막내 아니냐?"

"자식, 내가 참 잘 키웠다! 크크."

한 아이가 녀석의 어깨에 팔을 둘렀다. 얼핏 녀석의

눈이 뒤쪽을 향하는 듯 보였다. 영원은 잠깐 걸음을 멈추고 주위로 눈을 돌렸다. 2차선 도로 옆으로 빵집, 식당, 편의점, 치킨집, 떡집 등이 나란히 자리를 잡고 있었다.

"뭐 찾아?"

영원에게 누군가 말을 붙였다. 영원은 화들짝 놀라 고개를 돌렸다. 눈앞에 녀석이 있었다.

"역시 너구나!"

녀석이 흐흐거리며 입을 벌렸다.

"아는 애야?"

녀석 주위에서 알짱대던 아이들이 영원에게로 다가왔다. 영원의 몸에 소름이 쫙 일었다. 5년 전 그날이 마치 오늘인 것처럼 선명하게 떠올랐다.

*

"우아!"

아이들은 함성을 질렀다. 지후는 자랑스러운 듯 불이 붙은 종이를 번쩍 들어 올렸다. 영원은 지후 앞에 우뚝 선 채 점점 커지는 불꽃을 바라보았다.

"간다!"

지후가 불이 붙은 종이를 휙 날렸다. 그리고 불이 붙은 종이는 영원의 가슴팍에 닿았다. 아앗! 소리 지를 새도 없었다. 온몸이 뜨겁게 달구어지는 듯했고 머릿속은 하얗게 비어 버렸다.

"우와아아!"

아이들은 눈과 입을 크게 뜨고 벌린 채 영원을 쳐다보았다. 그저 쳐다보고만 있었다.

*

"오랜만이다."

녀석이 말을 붙이며 씩 웃었다. 순간 영원의 머릿속 동영상이 사라졌다. 영원은 얼른 고개를 숙이며 두 손으로 가방을 잡았다. 가방에 그게 있었다. 녀석의 얼굴에 확 뿌려야 할 액체. 그걸 준비하느라 영원은 자그마치 열흘을 보냈다.

"왜 우리 뒤를 슬금슬금 따라오냐?"

녀석의 옆에 있던 아이가 영원에게로 성큼 다가서며 물었다.

"나 보러 왔나 봐. 너희들 먼저 가."

녀석이 사뭇 다정한 체 말을 붙였다.

옆에 붙어 있던 아이가 의아한 표정을 지었다. 녀석은 괜찮다며 손을 내저었다. 함께 있던 두 아이가 영원을 힐끔힐끔 쳐다보며 몸을 돌렸다. 오늘 일이 벌어지면 저 아이들은 증인이 될 것이다. 5년 전 걔네들처럼 오로지 녀석을 위한 변론만 하겠지. 영원의 마음이 쓸쓸해졌다.

"여긴 웬일이야?"

녀석이 물었다. 마치 아무 일도 없었던 것처럼 태연하기 짝이 없는 목소리였다. 영원은 스르르 고개를 들었다. 녀석과 눈이 딱 마주쳤다.

"나 보러 온 거야?"

녀석이 어물쩍 미소를 지었다. 영원은 홱 고개를 돌리고 가방을 쥔 손에 바짝 힘을 넣었다. 심장이 빠르게 쿵쾅거렸다.

"너, 며칠 전에도 나 보러 왔었지?"

녀석이 다시 물었다. 영원은 아랫입술을 질끈 깨물었다. 봤구나. 주차장 뒤편에서 두 남자에게 잡힌 채 덜덜 떨고 있던 영원을. 머릿속이 복잡했다.

"찾아왔으면 말을 해!"

녀석이 얼굴을 구기며 나직하게 말했다. 영원은 마른침을 삼켰다. 영원은 말을 하러 온 게 아니다. 녀석을 단죄하러 온 거다. 그러려고 한 달을 내리 매달렸다.

"할 말 없음 간다."

녀석이 툭 말을 던졌다. 영원은 고개를 들었다. 녀석의 얼굴을 똑바로 보고 싶었다.

"허튼 생각은 하지 마라."

녀석의 목소리는 위협적이었다.

"뭐가 허튼 생각인데?"

영원의 말에 녀석은 피식 웃었다. 그러고는 주위를 살폈다. 아녀예술고등학교 교복을 입은 여자아이들이 녀석을 쳐다보며 발을 동동 굴렀다. 녀석은 아이들을 바라보며 생긋 웃었다. 한 여자아이가 다가와 녀석에게 초콜릿을 건넸다. 녀석은 다정한 목소리로 고맙다고 말하며 초콜릿을 받았다.

"허튼 생각이 뭐냐고?"

영원이 사납게 물었다.

녀석은 평온한 얼굴로 영원의 어깨에 팔을 둘렀다.

"무슨 생각인지 네가 잘 알고 있지 않아?"

녀석도 기억하고 있는 거였다. 5년 전 그때의 일을.

*

"실수였어요."

지후는 그렇게 말했다. 두려운 듯 파들파들 떨리는
목소리로, 금방이라도 울음을 터뜨릴 것처럼. 영원의
가슴은 파르르 떨렸다. 실수라니, 말도 안 돼! 소리치
고 싶었다.

"실수라고?"

엄마가 새된 소리로 물었다.

"먹지에 돋보기를 대면 정말로 불이 붙는지 궁금했
대요."

선생님이 지후의 편을 들었다.

"영원이도 구경을 하고 있었대요. 그런데 하필 바람
이 불어서……."

지후의 엄마가 말을 붙였다. 엄마는 크게 한숨을 내쉬며 영원을 돌아보았다. 아마도 그랬을 거였다. 엄마의 뜨거운 입김이 영원에게 닿았으니까.

　그곳은 병원이었다. 영원은 두 눈을 거즈로 가린 채 입 안에는 무엇인가를 꽂아 두고, 앞가슴에서 목덜미 그리고 턱까지 진득한 연고를 잔뜩 처바른 거즈를 덕지덕지 붙인 채 누워 있었다. 숨을 쉬기도 버거울 만큼 거즈의 무게는 대단했다.

　"그래도 애가 이렇게 다쳤는데……."

　엄마의 말끝에 울음이 맺혔다. 영원은 가슴이 덜컥 내려앉았다. 자신 때문에 엄마가 우는 건 싫었다.

　"영원이까지 조사를 받아야겠지만 일단 지금 상황으로는 지후가 법원 소년부에 송치될 것 같아요, 어머니."

　선생님의 목소리를 들으며 영원의 가슴은 조금 차분해졌다. 놀이터에서 벌어진 일이 법원으로 넘어가면 진실은 밝혀질 거였다. 그러면 엄마도 눈물을 걷어 낼 수 있겠지. 가슴을 짓누르는 진득한 거즈도 떼어 낼 수 있겠지. 침대에 누워 영원은 한없이 낙관적인 상상에 빠져들었다.

*

"그때 일은 다 마무리된 거야."

녀석이 영원의 어깨에 팔을 두른 채 학교 쪽으로 방향을 틀었다. 어쩔 수 없이 영원은 녀석에게 끌려가기 시작했다.

'달라진 게 없구나…….'

녀석에게 끌려가며 영원은 혼자 생각했다. 그리고 낙담했다. 녀석도 녀석이지만 영원 자신에게도 화가 뻗쳤다. 그 일을 당하고도 영원은 달라진 게 없었다. 영원은 녀석의 손 하나 뿌리칠 수 없었다.

학교 앞 놀이터 입구에서 녀석은 걸음을 멈추더니 누군가에게 전화를 걸었다. 그러고는 짜증 섞인 목소리로 당장 데리러 오라고 말했다. 전화를 끊고 녀석은 영원을 쳐다보며 피식 웃음을 흘렸다. 녀석의 뒤에 배경처럼 허름한 놀이터가 드러났다. 순간 영원의 머릿속에 경련이 이는 듯했다. 심한 두통이 밀려들었다.

"울 엄마도 올 거야. 이왕에 왔으니 인사 좀 하고 가라."

영원은 녀석의 팔을 있는 힘껏 떼어 냈다.

"오, 제법인데!"

녀석이 입가를 비틀었다.

"너, 너 때문에……."

말이 더듬더듬 튀어나왔다.

'더 세게 해!'

마음속 영원이 답답한 듯 소리를 질러 댔다. 영원은 오른쪽 목덜미 아래쪽으로 셔츠를 끌어 내리고, 녀석의 앞에 우뚝 섰다. 목덜미에서 턱으로 이어지는 화상 자국이 그대로 드러났다.

"뭐 하는 거야……?"

녀석이 당황스러운 듯 뒷걸음을 쳤다. 영원은 검은 모자를 벗었다. 그리고 손으로 앞머리를 쓸어 올렸다. 앞머리에 가려진 이마 위쪽에도 진한 화상 자국이 있었다.

"뭐 하자는 거냐고?"

녀석이 빽 소리를 질렀다. 아이들은 모두 빠져나가고 주위에는 아무도 없었다. 황금빛으로 빛나는 아너예술 고등학교의 정문도 굳게 닫혀 있었다.

"나는 이것들 때문에 여름에도 목까지 올라오는 셔 츠를 입고 모자를 써야 해. 가끔씩은 지독한 통증이 밀려와."

"그, 그래서?"

녀석의 눈도 푸르르 떨렸다. 영원은 기회를 놓치고

싶지 않았다.

"나를 이렇게 만든 건 너야!"

영원이 녀석에게 성큼 다가갔다. 그러면 녀석이 온몸을 바들바들 떨면서 뒤로 물러날 줄 알았다. 그렇게라도 겁에 질린 녀석의 얼굴을 영원의 가슴에 담고 싶었다. 하지만 영원의 기대는 헛된 것이었다.

"꺼져!"

녀석이 두 손으로 영원을 밀어냈다. 영원은 가볍게 바닥으로 밀려났다. 앞으로 멘 가방에서 뭉툭한 병이 영원의 가슴께에 닿았다.

'아!'

녀석과 대면하면서 영원은 잊고 있었다. 가방 안에 있는 병 그리고 그 안에 담긴 액체. 갑자기 심장 박동이 빨라졌다.

"우리가 치료해 줘서 이만큼이라도 된 거잖아."

녀석의 목소리에 다시 힘이 담겼다. 영원은 녀석을

매섭게 노려봤다. 애초에 그 일을 벌이지만 않았어도 치료비 따위는 문제 될 수 없었다. 때맞춰 녀석의 휴대전화에 벨이 울렸다.

"엄마, 그 새끼가 왔어!"

녀석이 영원을 빤히 쳐다보며 소리를 질렀다.

"그 새끼, 5년 전 그 새끼 말이야!"

녀석은 허둥거리며 영원에게서 몸을 돌렸다. 학교 앞으로 도망을 치려는 듯 보였다. 지금이 기회였다. 영원은 부리나케 가방을 잡았다. 얼른 병을 꺼내 뚜껑을 열고, 병에 담긴 액체를 녀석의 얼굴에 쏟아부어야 했다. 녀석의 얼굴에도 지울 수 없는 흉터를 남기고 녀석의 내일을 망가뜨리고 싶었다.

그런데 손가락 끝이 후들후들 떨렸다. 한 방에 끝내야 하는데 그럴 수 있을까. 과연 성공할 수 있을까. 머릿속이 혼란스러웠다.

'뭐 하는 거야?'

마음속 영원이 고함을 질렀다. 영원은 입술을 앙다물고 지퍼를 열었다. 에어 캡으로 감싼 병이 한눈에 들어왔다. 부들부들 떨리는 손으로 병을 잡았다. 순간 학교 앞으로 은빛 승용차가 들어오고, 녀석은 허둥지둥 차에 올랐다. 거의 동시에 운전석 문이 열리고, 녀석의 엄마가 영원 앞으로 달려왔다. 영원은 가방을 등 뒤로 감추며 자리에서 일어났다.

"진짜로 그 자식이네. 너, 여기가 어딘 줄 알고 온 거야, 응?"

녀석의 엄마가 다짜고짜 영원의 멱살을 잡았다.

"엄마, 그냥 가!"

승용차에서 녀석이 소리를 질렀다. 녀석의 엄마가 영원의 멱살을 툭 풀면서 말했다.

"네가 착각하고 있나 본데, 우린 해야 할 거 착실하게 다 했어. 아니지, 그 이상으로 했지. 그러니까 애먼 사람 잡지 말고, 다시는 찾아오지 마!"

녀석의 엄마는 벌레라도 털어 내는 양 두 손을 탁탁 털었다. 그러고는 영원을 아래위로 훑으며 한마디를 덧붙였다.

"법적으로도 아무 문제 없다고 결론 난 일을……!"

바로 옆에 세워 둔 승용차에서 클랙슨이 울렸다. 녀석이 제 엄마를 불러내는 소리였다. 녀석의 엄마는 종종거리며 승용차로 돌아갔다. 은빛 승용차는 엔진 소리를 거칠게 뿜으며 영원의 곁을 떠났다. 아스팔트 밟히는 소리가 치르르 멀어졌다.

'뭐 하리 온 거냐?'

기세 좋게 야단을 치던 마음속 영원이 사라져 버렸다. 텅 빈 자리에 서늘한 바람이 가득 찼다. 영원은 바닥에 엉덩이를 깔고 앉았다. 몸의 기운이 몽땅 빠져나간 것 같았다. 손가락 하나 움직일 힘이 없었다. 허름한 놀이터에 저녁 빛이 감돌아 스산했다.

영원은 반쯤 열려 있는 가방을 집어 들었다. 에어 캡

을 두른 병이 영원을 놀리기라도 하듯 도드라져 보였다. 깊은 곳에서 화가 치밀어 올랐다. 무엇 하나 제대로 하는 게 없는 자신이 원망스러웠다. 영원은 가방에서 병을 꺼내 텅 빈 아스팔트 위로 있는 힘껏 던져 버렸다.

탕!

깨진 병에서 투명한 액체가 쏟아지고, 지글지글 타는 듯한 소리가 이어지며 아스팔트를 검게 물들였다.

'그 새끼한테 했어야지.'

마음속 영원이 살아나 영원을 꾸짖었다. 영원은 머리를 헝클이며 욕지거리를 뱉었다. 그래도 성난 마음은 가라앉지 않았다.

한참을 앉아 있다가 영원은 가방을 둘러메고 터벅터벅 언덕길을 걸었다. 녀석의 엄마가 쏟아 낸 목소리가 영원의 머릿속을 마구 파헤쳤다. 5년 전 그때에도 비슷했다.

*

"이 정도면 저희도 할 만큼 하는 거예요."

병실 문밖에서 녀석의 엄마는 까랑까랑 목청을 키웠다. 엄마도 뭐라고 대꾸를 하는 것 같았는데 명확하게 들리지 않았다. 엄마 목소리에는 힘이 없었다.

"애들끼리 놀다가 그런 거라잖아요!"

다시 녀석의 엄마가 떠들었다. 영원은 두 눈을 크게 뜨고 소리 높여 아니라고 말하고 싶었다. 하지만 영원은 사고를 당하고 사흘이 되도록 말을 할 수 없었다.

그때 영원은 심부 2도의 화상을 입었다. 안면으로는 큰 상처가 보이지 않지만 목덜미에서 턱에 이르는 상처 부위는 제법 커서 피부 이식을 하는 게 가장 좋을 거라고 의사는 말했다. 하지만 영원네 형편으로는 피부 이식술 비용을 감당할 수 없었다.

영원이 여섯 살 무렵에 이혼을 한 엄마는 공사장 인

근의 식당에서 주방 일을 하며 영원을 키웠다. 그러다 트럭을 몰고 다니며 식당에 채소를 대 주던 아저씨를 만나 재혼을 했고, 지금의 집으로 이사를 한 게 영원이 4학년 때였다. 그때부터 영원의 엄마는 새아버지와 함께 새벽같이 도소매 시장에 들러 채소를 떼어다가 저녁 늦게까지 트럭을 타고 다니며 채소를 팔았다. 그야말로 근근이 벌어서 먹고살던 시기에 영원은 그 일을 당했다.

별수 없이 의사는 6주에 걸친 화상 치료를 진행하겠다고 했다. 하지만 그 또한 만만치 않은 치료비가 필요했다. 엄마는 채소 장사를 아버지에게 떠맡기고 영원의 치료비를 마련하려 동분서주했다. 그런 즈음 녀석의 엄마가 치료비 전액 납부를 제안했다. 대신 무슨 일이 있어도 놀이터에서 있었던 화재 사건을 문제 삼지 말라는 조건을 달았다.

"영원이 얘기 먼저 듣고요."

엄마의 다부진 목소리에 영원의 마음이 조금은 풀어졌다. 영원은 엄마에게 자신의 이야기를 들려주기 위해서라도 빨리 회복을 해야겠다고 생각했다. 하지만 회복은 더디기만 했다. 치료에 속도를 높이려면 고가의 치료법을 선택해야 했다.

*

영원은 터덜터덜 버스 정류장으로 돌아왔다. 저녁 무렵의 버스 정류장은 한산하기 그지없었다. 낡고 누추한 놀이터랑 딱 어울리는 정류장이었다. 아너예술고등학교는 이곳의 분위기에 어울리지 않았다. 이물스러움. 영원과 지후의 관계도 딱 그랬다. 그런데 어쩌다 녀석과 얽히게 되었을까.

집으로 향하는 버스가 다가왔다. 내키지 않지만 집으로 돌아가기는 해야 했다. 집이 아니고서는 딱히 갈

곳이 없었다. 영원은 버스 뒷자리에 앉아 창문에 머리를 기댔다. 녀석 앞에서 영원은 아무런 저항도 하지 못했다. 이럴 거면 뭐 하러 왔을까. 도대체 무엇을 하려고 했을까. 스스로가 한심해서 견딜 수 없었다.

'그냥 이러고 살아. 죽은 듯이. 지금까지도 그래 왔잖아.'

마음속 영원이 맹렬하게 영원을 공격했다. 가슴이 짓뭉개졌다.

"엄마 때문이야."

영원이 툭 속엣말을 뱉었다.

'정말 엄마 때문이야?'

마음속 영원이 거칠게 되물었다. 영원은 고개를 푹 숙였다.

'너도 알고 있잖아, 저 녀석이 저렇게 기세등등한 건……'

"법원 판결 때문이지!"

영원은 아랫입술을 질끈 깨물며 주먹에 힘을 넣었다. 그때 비공개로 열린 소년 보호 재판에서 판사는 녀석에게 불처분 결정을 내렸다고 했다. 녀석의 행위에 특별한 잘못이 없으니 보호 처분을 할 필요가 없다는 이유였다. 녀석의 죄가 멋대로 거두어졌다.

'그때 제대로 처벌받았더라면······.'

마음속 영원이 영원의 말을 받았다. 영원은 창밖을 향해 스르르 고개를 돌렸다.

그때 녀석이 제대로 처벌을 받았더라면 녀석은 지금과는 다른 삶을 살고 있을 거였다. 그랬더라면 영원의 삶도 지금과는 다르지 않았을까.

"내가 할 수 있는 게 없어······."

창밖을 내다보는데 주르륵 눈물이 흘렀다. 기껏 하는 일이라는 게 눈물을 흘리며 청승을 떠는 거라니. 영원은 무엇보다 자기 자신이 제일 지랄 맞은 것 같았다. 바보같이 당하고도 아무것도 할 수 없는 자신이 미웠다. 마음속 영원도 동감하듯 영원을 탓했다.

한없이 능장을 부리며 움직인 탓에 영원은 사방이 어둑해졌을 즈음에야 집 앞 버스 정류장에 닿았다. 버스에서 내리고서도 영원은 정류장 의자에 엉덩이를 붙인 채 꼼짝을 하지 않았다. 정체 모를 감정이 영원을 뒤덮고 있었다.

영원은 정신을 차리고 차근차근 영원의 감정을 알아채고 싶었다. 영원이 하고 싶은 게 무엇인지를 알아내고 싶었다. 영원은 허리를 숙인 채 두 손으로 머리를 감쌌다.

한 달 전 인터넷에서 녀석의 기사를 발견하지 못했더라면 어땠을까. 그래서 녀석이 어떻게 지내는지 몰랐더라면……. 그러다 영원은 고개를 저었다. 어차피 녀석은 아이돌 그룹으로 데뷔를 할 거였다. 그러면 지금보다 더 화려하고 빛나는 녀석의 모습을 텔레비전에서 봐야 했다. 지금 만난 게 더 낫다고 영원은 생각했다.

그런데 또 그렇지도 않았다.

'지금 만나서 뭐, 네가 뭘 했는데?'

마음속 영원이 물었고, 영원은 마땅히 대꾸할 말이 없었다. 녀석을 만났지만 아무것도 하지 못했다. 오히려 겁만 잔뜩 집어먹고 물러설 핑곗거리를 찾고 있었다.

'못났다. 그러니까 그 새끼가 널 깔보는 거야.'

마음속 영원은 영원을 마음껏 비웃고 있었다. 가볍게 짓이겨져도 할 말 없는 놈이라고.

"아니야!"

영원은 빽 소리를 질렀다. 주위에 있던 사람들이 놀란 듯 뒷걸음을 쳤다. 영원은 주먹을 불끈 쥐고 자리에서 벌떡 일어났다. 하지만 갈 곳이 없었다. 할 일도 없었다.

"하……."

까만 하늘을 올려다보며 집으로 들어갔다. 찬물로 얼굴을 씻고 냉장고를 열었다. 물을 마실 생각이었는데 팩 소주가 보였다. 저걸 마시면 성난 가슴이 가라앉을까. 아니 잠이라도 푹 잘 수 있을까. 영원은 흘깃 거실을 보았다. 아버지는 정민이를 품에 안고 책을 읽어 주느라 정신이 없었다. 영원은 팩 소주 두 개를 빼 들고 가방과 모자를 다시 챙겨 집을 나왔다.

밤 9시가 넘어가는 시간이었지만 집 앞 골목에는 사람이 많았다. 영원은 모자를 눌러쓰고 뚜벅뚜벅 걸음을 옮겼다. 정말 마셔도 될까? 그러다 피식 헛웃음이 났다. 이런 것 하나 선뜻 마음먹지 못하는 자신이 어이없었다. 그래서 당하는 거라고 마음속 영원이 꾸짖을 것만 같았다.

사람의 왕래가 뜸한 곳을 찾아 걷다 보니 그곳이었다. 어쩌면 처음부터 이곳을 생각하고 걸었던 것도 같았다. 통진초등학교에서 통진 아파트 단지로 넘어가는 사잇길에 있는 놀이터. 미끄럼틀과 그네, 시소만 달랑 있는 썰렁하기 그지없는 놀이터에 그날, 영원은 아이들에게 떠밀려 왔었다. 그리고 이곳에서 사고를 당했다.

　노란 가로등이 드문드문 켜 있는 놀이터 앞에서 영원은 걸음을 멈췄다. 놀이터 안으로 훌쩍 들어갈 수 없었다. 거대한 벽이 놀이터를 가로막고 있는 것 같았다. 아니 영원의 몸이 어딘가에 갇힌 것 같았다. 꼼짝도 할 수 없었다.

　'5년이 지났잖아, 그런데도 넌 그때랑 다를 바가 없어!'

　마음속 영원이 또 소리를 질렀다. 영원은 아랫입술을 질끈 깨물었다. 벽을 부수고 앞으로 나아가고 싶었다. 내내 갇혀서 지낼 수는 없다고 영원은 생각했다. 지금까지의 고통만으로도 충분했다. 화상 자국에 얼룩진 이후로 영원은 어디에서나 떳떳할 수 없었다. 고개를 숙이고 목덜미를 감추며 영원은 자꾸만 움츠러들었다.

　놀이터를 노려보다가 영원은 팩 소주에 빨대를 꽂았

다. 식도를 타고 차가운 액체가 영원의 몸으로 스며들었다. 가슴이 타는 것 같았다. 그날처럼.

"으아아악!"

놀이터 앞에서 영원은 고함을 질렀다. 놀이터 옆을 지나던 사람이 화들짝 놀라더니 걸음을 재게 놀렸다. 영원은 팩 소주를 마저 비우고 놀이터로 들어갔다. 미끄럼틀 아래, 그때 그 자리가 선명하게 떠올랐다. 불이 붙은 영원을 쳐다보며 생글거리고 있던 녀석의 얼굴도.

"일부러 그런 거잖아. 실수도 사고도 아니었잖아!"

영원은 미끄럼틀 아래 흙더미를 발로 사정없이 뭉갰다. 그래도 기억은 끊임없이 되살아났다. 영원은 가장자리에 있는 나무 의자를 발로 힘껏 내리찍었다. 낡은 의자라 금방 부서질 줄 알았는데 의자는 대차게 버티었다.

영원은 남은 팩 소주를 입에 털어 넣으며 주위를 살폈다. 여기저기 떨어져 있는 나뭇가지와 아이들이 놀다

버린 듯한 자그마한 쇠붙이를 들고 미끄럼틀로 다가갔다. 그리고 미끄럼틀을 있는 힘껏 찍었다. 나뭇가지가 부서져 날아가고 쇠붙이가 튕겨져 나갔다. 영원은 두 주먹과 발로 미끄럼틀을 마구 두드렸다. 소리가 요란하게 퍼져 나가고 누군가가 조용히 하라며 소리를 질렀다. 영원은 눈에 보이지 않는 누군가를 향해 냅다 욕을 퍼부었다.

"씨발, 박지후 그 새끼한테 해야 하는데에!"

소리를 지를수록 영원의 가슴은 터질 듯했다. 마구잡이로 미끄럼틀을 두드리고 그넷줄을 잡아당기며 고래고래 악을 썼다. 어디에선가 사이렌 소리가 울렸다. 그리고 불긋불긋거리며 빨간 불을 켠 경찰차가 다가왔다.

*

"강영원, 일어나!"

엄마 목소리가 들렸다. 영원은 게슴츠레 눈을 떴다. 엄마가 보이는데 주위는 낯설었다. 이상하다 싶어 두 눈을 세게 끔벅이는데 엄마의 손바닥이 영원의 등짝에 닿았다. 짝, 소리가 요란했다.

"너 진짜 별걸 다 한다!"

엄마가 얼굴을 사납게 구겼다. 그제야 주위의 풍경이 영원의 눈에 들어왔다. 삭막한 은빛 책상과 앉은 사람 머리를 다 가리도록 높게 세워 놓은 컴퓨터 모니터 그리고 기다란 형광등이 매달린 천장이 보였다. 한쪽 벽에는 은빛 캐비닛이 빼곡했고, 문 옆에 놓인 긴 의자에 앉은 어떤 아저씨는 맞은편에 있는 경찰관에게 무엇인가를 열심히 떠들어 댔다.

"엄마……."

영원은 고개를 들어 엄마를 보았다. 엄마는 사나운 얼굴로 영원에게 음료수 병 하나를 내밀었다. 숙취 해

소 음료였다. 영원은 머리를 휘저었다. 머릿속이 띵하게 울렸다. 엄마는 그새 책상 앞으로 다가가 컴퓨터 모니터 뒤에 숨어 있는 누군가에게 허리를 숙였다. 경찰관이었다.

"야 인마, 너 주취 폭력 현행범이라 바로 집어 처넣을 수도 있는데, 초범에 소년범이라 봐주는 거야. 다음에 또 이러면 법원 소년부로 넘어갈 수도 있어. 알았어?"

경찰관이 꽤나 봐주는 척 목청을 높였다. 영원의 얼굴이 스르르 구겨졌다. 법원 소년부 따위, 영원은 하나도 무섭지 않았다. 영원은 소년법과 소년범 편에 선 법원 소년부를 경멸했다. 그들의 머릿속에 '피해자'는 없었다.

엄마는 경찰관에게 허리를 굽실거렸다. 감사하다는 말도 들리는 듯했다. 영원은 자리에서 벌떡 일어났다. 엄마를 뜯어말리고 잘난 척하는 경찰관을 때려눕히고 싶었다. 경찰서에서 폭력을 휘두르면 어떻게 될까. 그래도 영원은 아직 만 19세가 되지 않았으니까 별일 없지 않을까. 아니 17세라고 형사 처벌을 받으려나. 그래도 괜찮다. 여차하면 그 녀석처럼 소년법을 들먹이면 된다.

"다 필요 없어!"

영원은 앞에 놓인 탁자를 냅다 밀어 버렸다. 콰광. 원목 탁자가 육중한 소리를 내며 넘어갔다. 엄마는 물론 모니터 뒤에 있던 경찰관과 긴 의자 앞에 앉아 있던 경찰관이 부리나케 뛰어왔다. 그러고는 냅다 영원의 팔을 뒤로 넘겨 잡았다.

"소년법 같은 거 필요 없으니까 잡아가려면 잡아가라고!"

영원이 고래고래 악을 쓰는데 눈앞에 빛이 번쩍 스치고 뺨이 얼얼해졌다. 엄마가 영원 앞에서 온몸을 부들부들 떨고 있었다. 도저히 봐줄 수가 없다는 듯한 표정이었다.

"얼른 데리고 가세요. 더 이러면 못 봐 드립니다."

경찰관이 영원처럼 소리를 높였다. 엄마는 또 다른 경찰관과 함께 영원의 양쪽 팔을 바투 잡고 경찰서를 빠져나왔다.

"가자."

엄마는 짧게 말을 뱉고는 뚜벅뚜벅 걸음을 옮겼다. 영원은 엄마의 뒷모습을 물끄러미 바라보았다. 엄마에게서는 숯불갈비 냄새가 진동을 했다. 식당에서 일을 하다가 뛰어나온 듯했다. 녀석의 엄마에게서는 어떤 냄새가 났더라. 어쨌든 끈적거리는 숯불갈비 냄새는 아니었을 거였다.

"안 와?"

엄마가 빽 소리를 질렀다. 영원은 두 손으로 모자를 눌러쓰고 고개를 푹 숙인 채 엄마의 뒤를 쫓았다. 엄마는 거칠게 숨을 뱉으며 걸음만 옮겼다. 영원은 속이 답답했다. 무슨 말이든 하고 싶었다. 그러지 않으면 다시 폭발할 것 같았다.

"엄, 엄마."

영원은 머뭇거리다가 걸음을 멈추고 엄마를 불러 세웠다.

"왜, 뭣 때문에 이러는데?"

엄마 목소리는 바늘처럼 날카롭게 영원을 찔렀다. 영원은 고개를 숙였다. 엄마에게 어깃장을 놓는 게 맞나 싶었다.

퍽.

엄마가 영원의 등판을 내리쳤다. 영원은 울컥 분이 터져 나왔다.

"엄마 때문이잖아. 엄마 때문에 다 꼬여 버렸잖아!"

영원이 버럭 소리를 질렀다. 엄마가 병찐 얼굴로 영원을 보았다. 그러고는 부르르 떨리는 목소리로 물었다.

"뭐가, 뭐가 꼬였는데? 뭐가 엄마 때문인데?"

"그걸 몰라서 물어요?"

영원이 소리쳤다. 엄마는 넋이 빠진 듯 멍한 얼굴로

영원을 바라보았다. 영원은 몸을 홱 돌리며 발을 쿵쿵 굴렀다. 녀석의 얼굴이 떠오르고 기세등등하던 녀석의 엄마도 생각났다. 5년 전 영원의 엄마는 패배한 병사처럼 넋을 놓은 채 영원의 곁을 지키고 있었다. 지후의 엄마가 치료비를 모두 내면서부터 영원도 힘을 잃어 아무런 저항을 할 수 없었다.

"네가 사고 치고 다니는 거 수습하느라 바쁜 사람이 엄마야. 그런데 나 때문에 네가 꼬였다고?"

엄마가 이를 악물고 말했다. 엄마도 억울한 듯 보였다. 영원은 시커먼 하늘을 올려다보았다. 새하얀 달에 거뭇한 얼룩이 꼭 화상 자국처럼 보였다.

"도대체 너 왜 그러니?"

엄마가 성을 냈다. 영원은 서늘한 눈으로 엄마를 보았다. 그래도 엄마는 눈 한 번 끔뻑하지 않았다. 영원 앞에서 엄마는 당당해 보였다.

"그때 엄마가 그 돈을 받지 않았더라면, 그때 엄마가

내 말을 믿고⋯⋯."

이를 악물고 부득부득 그때 이야기를 끄집어내는데, 엄마의 휴대 전화에 벨이 울렸다. 네모난 액정에 '정민 아빠'라는 이름이 떴다. 그렇지. 영원의 아빠는 아니니까. 영원의 가슴에 또 불이 올랐다.

"응, 같이 있어요. 경찰서에서는 나왔고⋯⋯."

엄마는 조곤조곤 상황을 설명하고는 황급히 전화를 끊었다.

"꼭 지금 얘기해야 해?"

엄마가 물었다. 영원은 아랫입술을 질끈 깨물었다.

"오늘은 늦었어. 너도 맨정신이 아니고. 다음에, 다음에 얘기하자."

엄마는 영원의 일을 다음으로 미루려 들었다. 5년 전 병원에서도 엄마는 그랬다. 엄마도 달라지지 않았다.

*

병원에서 닷새쯤 지나자 영원도 말을 할 수 있게 되었다. 입에 물려 놓았던 의료 기기를 제거한 덕이었다. 그리고 경찰관이 영원을 찾아왔다. 그러고는 영원에게 생뚱맞은 질문을 던졌다.

"지후하고는 어땠니? 서로 사이가 좋았어?"

영원은 고개를 숙이고 잠시 생각을 더듬었다. 녀석이랑 사이가 좋았던 적이 있기는 했다.

녀석은 영원이 통진초등학교에 전학을 와서 처음 만난 친구였다. 녀석은 아이들을 우르르 끌고 다니며 무엇이든 제 마음대로 휘둘렀다. 축구를 하든 게임을 하든 마찬가지였다. 아이들은 녀석의 졸개라도 되는 것처럼 녀석이 하자는 대로 움직였다. 영원은 그러고 싶지 않았다. 가끔씩은 영원이 원하는 걸 말하고, 하고 싶은 걸 하고 싶었다.

한 번 두 번, 녀석의 말에 제동을 걸면서 관계는 어긋나기 시작했다. 삐걱거리는 느낌, 같이 어울리고 있지만 어울리지 못하는 듯한 느낌이 들었다. 그런데 하필 5학년에도 같은 반으로 올라왔다.

　과학 수업이 있던 어느 날, 녀석이 패거리와 함께 영원에게 다가와 과학 실험 놀이를 하자고 했다. 영원은 녀석과 그런 놀이를 할 마음이 눈곱만큼도 없었다. 녀석이 말하는 과학 실험 놀이가 뭔지도 영원은 알지 못했다. 영원이 머뭇거리자 녀석의 패거리가 영원의 팔을 잡았다.

　"너도 보면 재밌을 거야."

　녀석이 실실 웃으며 앞서 걸었다. 영원은 녀석의 패거리에 끌려 녀석의 뒤를 쫓았다.

　녀석과 패거리는 학교와 아파트 단지 사잇길에 있는 허름한 놀이터로 들어갔다. 놀이 시설이 몇 되지 않는 데다가 대부분 낡은 것들이어서 놀이터에는 아이들이 거의 없었다. 시소 주변에 유치원생 정도로 보이는 아이 셋, 그리고 나무 의자에 앉아 수다를 떨고 있는 아주머니 두 명 정도가 눈에 뜨일 뿐이었다.

"자, 여기에서 하자!"

녀석은 검은 먹지와 돋보기 그리고 휴지와 종이 뭉치를 차례로 꺼냈다. 패거리 중 한 명이 햇볕이 닿는 방향으로 돋보기를 잡았다. 녀석은 돋보기 아래쪽에 먹지와 휴지를 댔다.

"뭘 하는 거야?"

영원이 물었다.

"너 과학 시간에 졸았냐?"

녀석이 실실 웃으며 돋보기 실험을 하는 거라고 했다. 영원은 이맛살을 구겼다. 돋보기 실험 따위가 재미있을 리 없었다. 영원은 집에 가고 싶었다. 녀석과 녀석의 패거리 사이에 섞여 있기 싫었다.

"와, 붙었다!"

녀석이 쥐고 있던 휴지에 불이 붙었다. 녀석은 후후 바람을 불어 불을 더 키우고는 종이 뭉치 끝으로 불을 옮겼다.

"이만한 불이 사람한테도 붙을까?"

녀석이 입꼬리를 올리더니, 영원을 향해 종이 뭉치를 던졌다. 아니 종이 뭉치에 붙은 불꽃을 던졌다.

*

"친구들 말이랑 많이 다르네……."

영원의 이야기가 끝나자 경찰관은 난처한 듯 펜 끝으로 턱을 긁었다. 영원의 옆에서 우두커니 자리를 지키고 있던 엄마가 물었다.

"뭐가 어떻게 다른가요?"

"지후랑 친구들은 영원이랑 같이 논 거라고 하더라고요. 불이 붙는 순간 다 같이 환호를 하고 있는데 하필 바람이 불어서……."

"바람 안 불었어요!"

영원이 빽 소리를 높였다.

"기상청으로 그날 풍향이랑 세기도 알아봤는데, 바람이 있기는 했더라."

말을 마치고 경찰관은 엄마를 바라보았다.

"지후 어머니가 치료비를 대기로 하셨다던데……."

엄마는 흘깃 영원을 쳐다보고는 경찰관에게 말했다.

"아직 결정한 건 아니에요. 자꾸 실수라고 우기면서 제안을 하신 건데 워낙 병원비가 비싸기는 해서……."

엄마는 말끝을 흐렸다.

"치료비 받고 서로 간에 합의를 하는 게 가장 좋기는 하죠."

경찰관이 말했다.

"아니에요!"

영원은 빽 소리를 질렀다. 엄마와 경찰관이 놀란 듯 영원을 보았다.

"걔가 저한테 일부러 던진 거예요. 실수가 아니라고

요!"

녀석이 불이 붙은 종이 뭉치를 던지는 바람에 영원은 돌이킬 수 없는 화상을 입었다. 영원은 어떻게 해서든 녀석에게 책임을 묻고 싶었다. 아니 물어야 했다. 영원은 경찰관에게 필사적으로 매달렸다.

"아직 치료 중인데 너무 흥분한 것 같다. 아저씨가 철저하게 조사할 테니까 걱정 말고 치료부터 받자, 응?"

경찰관이 고개를 주억거리며 영원의 손을 떼어 냈다. 엄마가 영원의 어깨를 붙잡았다.

"다음에, 다음에 얘기하자, 응?"

엄마는 사정하듯 영원을 다독였다. 영원은 당장이라도 녀석을 찾아가 왜 그랬냐고 따지고 싶었다. 그리고 거짓말하지 말라고, 진실은 밝혀지게 되어 있다고 당당하게 외치고 싶었다. 하지만 화상을 입은 자리는 지독하게 욱신거렸고, 치료까지는 제법 긴 시간이 필요

했다. 철저하게 조사하겠다는 경찰관의 말을 믿어야만
했다.

입원 치료는 6주 만에 끝났다. 남은 기간은 통원 치
료가 진행된다고 했다. 입원하는 동안 날마다 드레싱을
하고, 갖가지 화상 치료를 받았지만 목덜미에서 턱까지
이어진 불그레한 화상 자국은 진하게 남아 있었다. 화
상 부위의 따끔거림, 가려움증도 여전했다. 그래도 병
원보다 집이 나았다. 병원은 너무 갑갑했다.

*

학교에 갈 채비를 하면서 영원은 미묘한 감정에 휩싸
였다. 선명하게 남아 있는 화상 자국을 아이들이 어떻
게 쳐다볼지도 걱정이었고 무엇보다 녀석이 어떻게 되
었을까 궁금했다. 엄마는 영원에게 자세한 사정을 알
려 주지 않았고, 그때까지 영원에게는 휴대 전화가 없

었다. 당연히 반 아이들과의 교류는 뜸했다.

가방을 둘러메고 교실에 들어서던 순간, 영원은 자리에서 꼼짝도 할 수 없었다. 녀석이 평소와 다름없는 얼굴로 깔깔거리며 패거리들과 노닥거리고 있었다. 녀석은 지금 여기에 있어서는 안 되었다. 패거리들도 마찬가지였다. 녀석과 패거리들은 불을 이용해서 타인에게 피해를 입힌 범죄자였다. 영원은 모자를 깊게 눌러쓴 채 교실로 들어갔다.

"빵원, 치료는 끝났냐?"

녀석이 영원에게 알은체를 했다. 옆에서 패거리들도 키득거리며 영원을 보았다.

"네가 왜 여기 있어?"

영원이 물었다.

"우리 반이니까 여기에 있지."

녀석은 영원에게 손톱만큼의 미안함도 없어 보였다.

"네가 왜 여기에 있냐고!"

영원이 소리를 지르자 녀석은 배를 잡고 깔깔거리기 시작했다. 옆에 있던 패거리들도 마찬가지였다. 주위에 다른 아이들이 몰려들었다. 그러고는 녀석과 영원에게 무슨 일이냐 물었다.

"몰라! 아직 재판도 안 받았는데 나더러 뭘 어쩌라고!"

녀석이 영원의 어깨를 툭 밀쳤다. 영원은 맥없이 엉덩방아를 찧었다. 녀석의 말이 머릿속을 빙글빙글 맴돌았다.

때마침 선생님이 교실로 들어왔다.

"영원이 왔네?"

선생님은 바닥에 주저앉아 있는 영원에게 가볍게 인사를 건넸다. 그러고는 왜 자리에 앉지 않고 그러고 있느냐 물었다. 아이들은 입을 가린 채 키득거리며 영원을 훔쳐보았다. 영원은 자리에서 일어났다. 선생님이 영원에게 다가와 상처 부위를 살폈다.

"이만하길 다행이다."

선생님은 영원에게 한마디를 건네고 교탁 앞으로 돌아갔다. 그걸로 끝이었다. 더 이상 아무도 영원의 사고에 관심을 갖지 않았다. 그날 사고를 일으킨 녀석에게 잘못을 묻지도 않았다. 녀석은 여느 때와 마찬가지로 패거리를 끌고 돌아다녔고 영원은 숨이 막힐 듯 답답한 시간을 견뎠다.

그리고 몇 달 뒤 열린 소년 보호 재판에서 녀석은 불처분 결정을 받았다고 했다.

불처분 결정. 보호 처분을 할 필요가 없음. 그때 소년부 판사는 문제를 일으킨 소년이 깊이 반성하였으며 재범의 위험성이 보이지 않고, 심리 진행 과정에서 피해 소년과 화해가 이루어졌으므로 놀이터 화재 사건을 불처분 결정으로 끝낸다고 판결했다.

피해자는 완벽하게 배제된 재판 결과를 녀석은 자랑처럼 떠들어 댔다.

＊

"그때 엄마가 돈을 받지만 않았어도……."

영원이 말을 흐렸다. 엄마는 얕게 한숨을 뱉고 입을 열었다.

"물증이 없어서 그냥 애들끼리 장난치다 다친 걸로 결론이 날 가능성이 높다는데 어떡해. 돈이라도 받아서 치료라도 제대로 받게 하고 싶었어."

말을 마치고 엄마는 입을 꾹 다물었다. 엄마의 몸은 부들부들 떨리는 듯했다. 영원은 몸을 돌리며 허공을 향해 빈 발을 날렸다. 그때 돈을 받지 않았더라면, 그래서 끝까지 합의한 게 아니라고 우길 수 있었더라면 소년부 판사는 다른 판결을 내려 줬을까?

영원은 머리를 저었다. 어차피 법은 녀석에게 면죄부를 줬을 거였다. 녀석은 만 14세 미만의 촉법소년이었고, 문제 행동으로 심리를 받았던 적도 없으며, 경제적으로 여유가 있는 부모의 지극한 보살핌을 받고 있었다. 굳이 보호 처분을 내려 녀석에게 벌을 줄 이유가 소년법상으로는 없었다. 하지만 영원에게는 달랐다.

"피해자가 있는데 가해자가 없다는 게 말이 돼?"

어둠 속에서 영원은 음울하게 말을 던졌다. 엄마는 가만히 영원을 바라보다가 고개를 숙이며 말했다.

"엄마는 그게 최선이었어. 그만 가자……."

지친 표정으로 대답하며 엄마는 다시 길을 걸었다.

미안하다, 그 한마디가 그렇게 어려울까? 가슴이 답답했다. 영원은 엄마한테도, 그 녀석한테도 미안하다는 말을 듣고 싶었다. 내 말이 사실이라는 걸 세상에 증명하고 싶었다.

"이제라도 싸워 볼 거예요."

영원이 목소리에 힘을 넣었다. 엄마가 돌아보았다. 어떻게 할 거냐 묻는 듯했다. 영원은 아무 말도 할 수 없었다. 아직은 무엇을 어떻게 해야 할지 알지 못했다.

무심코 휴대 전화를 보니 오픈 채팅방 알림이 천 개가 넘도록 와 있었다. 무슨 일인가 싶어 영원은 휴대 전화 잠금 화면을 풀었다.

-그럴 리 없어

-노인증구쎕

-지후오빠 사랑해요

첫 화면에 보인 글이었다. 영원은 스크롤을 아래쪽으로 쭉쭉 내렸다. 링크 글 하나가 떠 있었다.

-나는 M-nest 멤버 박지후의 학폭 피해자입니다.

영원의 가슴이 두근두근 뛰기 시작했다. 영원은 고민할 것도 없이 링크 글을 열었다.

글은 포털 사이트의 개방형 커뮤니티로 연결되었고,

해당 글의 작성자는 중학교에 다니던 3년 동안 녀석에게 지독한 괴롭힘을 당했다고 적었다. 사소한 시비 끝에 녀석의 제물이 된 자신은 시시때때로 폭행을 당하고 갖은 심부름을 도맡아 했으며 녀석의 지시로 같은 학년 친구의 물건을 빼앗기도 했다고 썼다. 중학교 졸업과 함께 몸은 녀석에게서 해방되었지만 자신감을 잃어버린 마음은 치유되지 않고 여전히 쪼그라든 상태라고 했다. 딱 영원과 같았다.

지후는 초등학교 때에도 친구의 몸에 불을 지른 적이 있다고 자랑을 했습니다.

작성자가 쓴 한 문장이 영원의 가슴에 꽂혔다.
'녀석이 자랑까지 하고 다녔네!'
마음속 영원도 부들부들 떨었다.
영원은 입을 굳게 다물고, 커뮤니티 글의 반응을 살

폈다. 지후가 누구냐는 글에서부터 그런 녀석은 데뷔를 해서는 안 된다는 반응도 있었지만 대부분의 사람들은 명예 훼손과 허위 사실 유포를 들먹이며 작성자를 공격하고 있었다. 영원의 가슴이 답답하게 조여 왔다. 작성자의 글은 분명 사실일 거였다. 하지만 사람들은 작성자의 글을 믿지 않았다.

'얼마나 막막할까……'

5년 전 영원도 그랬다. 아무도 영원의 말에 귀를 기울여 주지 않아서 막막하고 억울했다.

'지금 이 아이는 어떤 기분일까?'

작성자는 자신의 용기를 후회하고 있을지 몰랐다. 용기를 내어, 몇 번이나 망설이다 글을 올렸을 텐데 도리어 공격을 당하고 있었다. 이 아이도 영원처럼 한껏 움츠러들고 있을 거였다. 박지후의 소속사가 고소라도 하면 소송에 휘말릴 수도 있었다.

녀석의 데뷔 소식을 접하고 한 달이 넘도록 영원은

바보, 멍청이, 찐따 같은 짓만 되풀이하고 있었다. 이제는 달라지고 싶었다. 그래서 녀석에게, 녀석의 미래에 큰 얼룩을 어떻게든 남기고 싶었다. 그리고 어쩌면 그럴 수 있는 방법이 지금 영원의 눈앞에 나타난 것이다.

'이 아이에게 학교 폭력을 당했다는 명확한 증거가 남아 있을까?'

증거가 없는 말은 힘이 없고 오히려 거짓말로 몰릴 수 있지만, 증거가 있다면 상황은 달라질 수 있다. 녀석은 초등학교 때 친구 몸에 불을 질렀다고 자랑을 했었고, 그 증거는 영원의 몸에 고스란히 남아 있었다.

5년 전 그때, 녀석을 쫓아다니던 패거리들에게도 연락을 해 볼까 싶었다. 녀석이 이사를 간 뒤로 패거리들은 뿔뿔이 흩어졌다. 5년이 지난 지금까지도 녀석과의 의리를 지킬 애들이 아니었다. 오히려 녀석에게 하고 싶은 말이 많을지도 몰랐다. 지금 글을 올린 작성자처럼.

"무슨 일 있어?"

엄마가 영원을 불렀다. 영원은 엄마와 눈을 맞추고 고개를 저었다. 엄마와 화해하는 일은 급하지 않았다. 우선은 녀석에게 마음을 다친 사람들과 힘을 모으는 게 먼저일 것 같았다. 물론 길고 지난한 싸움이 되겠지만 그래도 괜찮았다. 용케 처벌을 비켜 간 녀석에게 일반 대중이 던지는 차가운 시선은 큰 얼룩으로 남을 거였다.

새까만 밤 하얗게 떠 있는 달이 영원의 얼룩을 뿌옇게 비췄다.

피해자가 있는데 가해자는 없다?

하고 싶은 말이 마음속에서 마구 치솟을 때가 있습니다. '소년법'을 접할 때, 저는 하고 싶은 말이 이백만 개쯤 치솟았습니다. '소년법'을 소재로 한 이야기들이 다양한 장르에서 끊임없이 떠오르는 걸 보면 '소년법'에 대해 말하고 싶은 사람은 저 말고도 많은 듯합니다. 저는 영원의 입을 빌려 이 말을 꼭 전하고 싶었습니다.

"피해자가 있는데 가해자가 없다는 게 말이 돼?"

소년법은 법령 제1조에 '이 법은 반사회성이 있는 소년의 환경 조정과 품행 교정을 위한 보호 처분 등의 필요한 조치를 하고, 형사 처분에 관한 특별 조치를 함으로써 소년이 건전하게 성장하도록 돕는 것을 목적으로 한다.'고 정의하고 있습니다. 저는 이 목적에 동의하고 공감합니다. 누군가에게 위해를 가한 소년이더라도 건전하게 성장할 수 있는 환경과 기회가 주어져야 한다고 믿습니다. 다만 소년법에 가해 소년에게 피해를 입은 소년의 심리적, 신체적, 정신적인 보상과 보호 조치가 거의 없다는 사실이 매우 안타깝습니다.

소년법을 두고 이런저런 말이 참 많습니다. 그럼에도 불구하고 한마디를 얹고자 합니다. 피해 청소년이 건강하게 성장할 수 있는 기반을 소년법이, 그리고 우리 사회가 부디 만들어 냈으면 합니다. 이 땅의 소년들이 안전한 환경 안에서 건전하게 성장할 수 있기를 진심으로 바랍니다.

최이랑